汤米的房间乱糟糟

〔意〕卡罗琳娜·丹杰洛 著

〔意〕弗拉维娅·索伦蒂诺 绘

尚姣 译

海天出版社

HAITIAN PUBLISHING HOUSE

·深圳·

在卧室里，汤米用捕捉网扑向小狮子。
门外传来爸爸的呼唤声。

"汤米，你在哪儿啊？"爸爸一边敲门一边问。
当爸爸推开房门，眼前的一切让他大吃一惊……

天哪！怎么这么乱！

小短裤、长筒袜、小毛衫凌乱地散落在地板上。
小汽车、毛绒玩具、小火车扔得满地都是。
到处都是乱扔的玩具，连地板都看不见了。

爸爸非常生气，说：

"汤米，你只有把房间收拾好了，才能出去玩。"

汤米拉长着小脸儿，
紧握着小拳头，不太情愿。

汤米不喜欢看到这些东西整整齐齐地待着，
他就喜欢自己的房间是这个样子。

因为这是他的 **秘密森林**，他想怎么样就怎么样。

9

这个秘密森林是汤米一个人的，没有人知道。
在这里，床仿佛成了蹦床，
汤米可以无忧无虑地、无数次地高高跳起，

再准确地落在 大象 头上。

在这里，当汤米和小狮子相互追逐时，

厚厚的窗帘可以让他躲避小狮子。

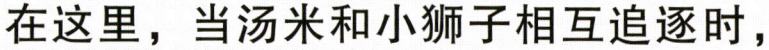

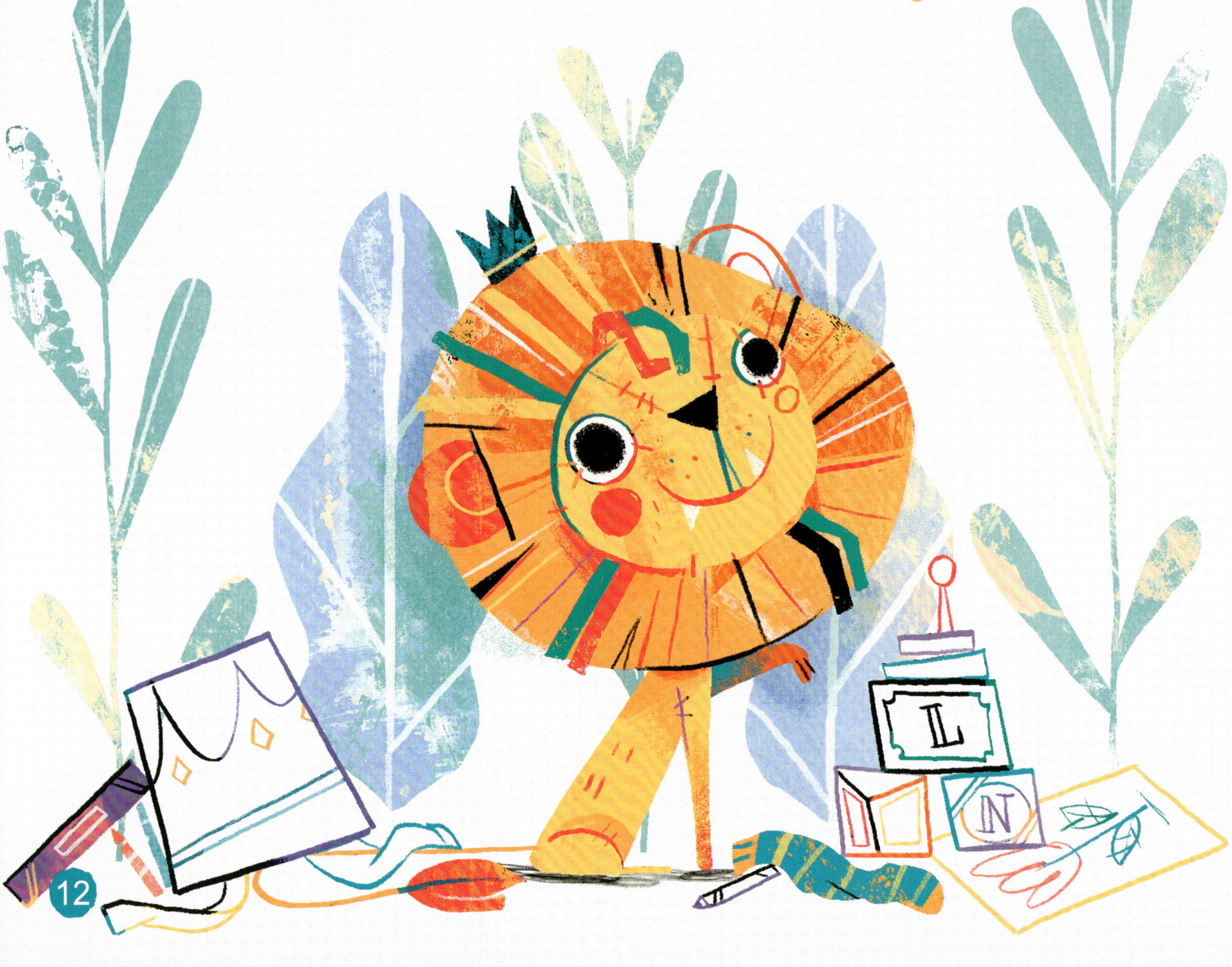

在这里，长筒袜是他的滑梯，
他可以从上面"咻"的一下

长颈鹿

滑落到**长颈鹿**的脚下。
那可比鸽子飞行的速度还要快。

在这里，汤米可以邀请大家，
五点钟准时来享受美味的下午茶。

下午茶

但是，汤米一个人玩久了，厌倦了这些游戏。
汤米想和爸爸一起玩，他也喜欢和爸爸一起玩。

于是，汤米命令小短裤、长筒袜、小毛衫都回到
抽屉里，要求他的这些"好朋友"

先去**打个盹儿**，休息一会儿。

还有小汽车、毛绒玩具和小火车，

它们也回到 篮子 里休息一会儿。

随后，汤米的秘密森林里，灯 熄灭了……

在星星挂上夜空之前，汤米大声叫着爸爸。

哇！

爸爸亲吻着汤米说：
"哇！小汤米真是这个世界上最可爱的宝宝。"

爸爸带着汤米去了海边，
他们一起在沙滩上玩耍。

沙滩只属于汤米和爸爸两个人。

而此时，汤米的小伙伴小狮子也在
自己的小窝里进入了梦乡。

25

版权登记号　图字：19-2021-022号

Original title: La giungla di Tommy

© Camelozampa, Italy, 2020

The Simplified Chinese rights were arranged through RR Donnelley Asia
(www.rrd.com/asia)

图书在版编目(CIP)数据

汤米的房间乱糟糟 / (意) 卡罗琳娜·丹杰洛著；
(意) 弗拉维娅·索伦蒂诺绘；尚姣译. — 深圳：海天
出版社，2021.9
　　ISBN 978-7-5507-3153-0

Ⅰ.①汤… Ⅱ.①卡… ②弗… ③尚… Ⅲ.①儿童故
事 – 图画故事 – 意大利 – 现代 Ⅳ.①I546.85

中国版本图书馆CIP数据核字(2021)第073345号

汤米的房间乱糟糟
TANGMI DE FANGJIAN LUANZAOZAO

出 品 人　聂雄前
责任编辑　杨华妮
责任技编　陈洁霞

责任校对　叶 果
封面设计　心呈文化

出版发行　海天出版社
地　　址　深圳市彩田南路海天综合大厦（518033）
网　　址　www.htph.com.cn
订购电话　0755-83460239（邮购、团购）
设计制作　深圳市心呈文化设计有限公司
印　　刷　中华商务联合印刷（广东）有限公司

开　本　787mm×1092mm　1/16
印　张　2
字　数　30千字
版　次　2021年9月第1版
印　次　2021年9月第1次
定　价　42.00元